written by Andrea Scott

Smile B
dREam BiGGER

illustrated by Davion Coleman

Smile Big, Dream Bigger

Printed in the United States of America

ISBN: 978-1-63110-259-2

I dedicate this book to Jeraldon Andrew Green, whose dream was never fulfilled but his smiles will forever stay in my heart. Rest in Peace

My name is Samantha and people always ask me why do I smile?

Do you smile?

What makes you smile?

I have a great family with a hard working mother, two big sisters and one big brother. I am the youngest in my family.

How many siblings do you have?

My family is not like ordinary families because I do not have a father, but the love that we have for each other keeps us happy. Even when times get hard, it seems like our smiles make all the troubles go away.

There are days when I watch my mom clean, work, and still have time to make us feel so loved. She tries her best to make a good life for us. Sometimes, I wonder how she does it. Most of the time I want to help her; but when she smiles, I know that everything will be fine.

At night, it is always hard to go to sleep because of the noise outside. One night I got up from my bed and went near the window. I looked outside and wondered why there was so much violence in my neighborhood. I looked at the moon and prayed for everyone outside. I got back into my bed, closed my eyes, smiled, and went to sleep.

I woke up the next morning and got ready for school. I am always excited to go to school. I think my smile gets bigger when I am at school. I have the best teachers, great friends, and there are so many books for me to read. One day I read a book that inspired me to become a leader.

I remember taking the book home and reading it outside on my porch. The book talked about historical leaders, such as Dr. Martin Luther King Jr. I was amazed by his story, and I wanted to do something to become a leader in my community.

While reading the book, a large shadow approached me. It was a guy from the neighborhood and he ask me, "Why are you always reading?"

I told him, "The stories in the book make me happy."

He looked at the book. Then he looked at me, smiled, and walked away.

As he walked away, I made a promise to myself that when I got older I would become a leader in my community like Dr. Martin Luther King Jr. I would travel the world and go on adventures like the characters in the books that I read. I would also tell my story and have it published in my own book one day. Then, I would return to my hometown and tell the people in my community that dreams do come true.

Tonight, I will go to bed smiling and anxious to dream.

In my dream, I will see my mom smiling and she will not have to work as hard anymore.

In my dream, my siblings and I will have a better life like the one that my mom wanted for us.

In my dream, when I look outside of my window there will not be violence in my community. Saint Louis will no longer be the terrifying city of lost dreams. Loved ones will not die due to violence, and all lives will matter.

In my dream, when I walk into the classroom, everyone will be excited about learning. The classroom will be filled with books, and we will all see the world differently,

In my dream, I will be sitting on my porch reading my book, and the guy from the neighborhood will approach me. He will ask me for my book, and we will sit and read the book together. We will laugh as we turn the pages of the book.
I will ask him, "Why are you reading?"
He will say, "Reading this book makes me happy."
We will both smile and continue reading.

In my dream everyone will travel the world and will want to pursue their dreams, and when I look at them, I will know that dreams do come true. I will continue to smile, and I hope that you will too.

Book Description- Growing up in the inner city of Saint Louis, Missouri, Samantha is surrounded by violence and despair. However, Samantha and her family use a particular gesture, a smile that helps them to get through hard times. When Samantha smiles she dreams of a better future for her community, her family, and herself. Samantha has made a promise to live up to her dream, while always wearing a smile.

The End!

Sonrisa Grande SUEÑA EN GRANDE

(Sonríe para alcanzar tus sueños)

por Andrea Scott

illustrador Davion Coleman

Sonrisa Grande, Sueña en grande
(Sonríe para alcanzar tus sueños)

ISBN: 978-1-63110-259-2

Este libro está dedicado a Jeraldon Andrew Green cuyo sueño no pudo ser alcanzado, pero su sonrisa permanecerá conmigo por siempre en mi corazón.

Me llamo Samantha y las personas siempre me preguntan por qué sonrío y qué es lo que me hace sonreír.

Yo tengo una gran familia con una madre trabajadora, dos hermanas mayores y un hermano mayor. Yo soy la menor en mi familia.

¿Cuántos hermanos tienes tú?

Mi familia no es como otras familias. Yo no tengo un padre pero sí el amor que nos tenemos entre nosotros. Este amor nos mantiene unidos y felices. Y en tiempos difíciles nuestras sonrisas nos ayudan a afrontar todos los problemas.

Mi mamá trabaja y limpia mucho todos los días, pero siempre tiene tiempo para hacernos sentir amados. Ella da lo mejor de sí para darnos a mis hermanos y a mi una vida buena. A veces me pregunto, ¿Cómo hace ella para hacer tantas cosas? Yo desearía poder ayudarla más. Cuando la veo sonreír yo sé que todo estará bien.

Por las noches es muy difícil dormir por el ruido que hay afuera en las calles de mi vecindario. Una noche me desperté y me acerqué a la ventana y me pregunté: ¿Por qué hay tanta violencia en mi vecindario?

Miré a la luna y oré por todas las personas que estaban afuera. Luego volví a mi cama, cerré mis ojos, sonreí y me volví a dormir.

Desperté a la mañana siguiente y estaba lista para ir a la escuela. Pienso que ir a la escuela me hace sonreír aún más porque en la escuela yo soy feliz. Tengo los mejores profesores, buenos amigos y hay muchos libros para leer. Un día leí un libro que me inspiró a convertirme en una líder.

Recuerdo que un día llevé el libro a mi casa y lo estaba leyendo en el porche de mi casa. El libro hablaba de líderes históricos como Dr. Martin Luther King Jr. Yo estaba fascinada con su historia y en ese momento deseé hacer algo para convertirme en una líder de mi comunidad. Yo también quería que mis sueños se volvieran realidad como el sueño del Dr.Martin Luther King. Cuando estaba leyendo el libro, ví que una sombra grande se acercaba a mi, era un chico del vecindario que me preguntó:

¿Por qué siempre estás leyendo?

Y yo le respondí: Las historias de los libros me hacen sentir feliz.

El miró al libro, me miró, sonrió y se fue.

Mientras el se alejaba, me hice una promesa: Yo me convertiría en una líder en mi comunidad como Dr. Martin Luther King Jr. Yo viajaría por el mundo en busca de aventuras como los personajes del libro que leí. También me prometí que algún día contaría mi historia y la publicaría en mi propio libro. Y algún día regresaría a mi comunidad para decirles que los sueños se pueden volver realidad.

Esta noche iré a dormir con el deseo de soñar.

En mi sueño, mi mamá estará sonriendo y ya no tendrá que trabajar tanto.

En mi sueño mis hermanos y yo tendremos la vida que mi madre tanto ha deseado para nosotros.

En mi sueño, miraré por mi ventana y no habrá más violencia en mi comunidad. San Luis no será la aterradora ciudad de sueños y vidas humanas perdidas. La vida de todos los ciudadanos será importante.

En mi sueño, iré a la escuela, entraré a mi clase y mis compañeros estarán felices de aprender. La clase estará llena de libros y todos veremos el mundo de distintas maneras.

En mi sueño, yo estaré sentada en mi porche leyendo mi libro y el chico de mi vecindario se acercará a mí y me pedirá el libro. Nos sentaremos juntos para leer el libro y nos reiremos mientras pasamos las hojas del libro.

Yo le preguntaré:¿ Por qué estás leyendo? y el me responderá: Leer este libro me hace feliz.

Nosotros sonreiremos y continuaremos leyendo.

En mi sueño las personas viajarán por el mundo en busca de sus sueños.

Yo los miraré y sabré que los sueños sí se pueden convertir en realidad. Yo sonreiré y desearé que tú también puedas sonreír.

Descripción del libro: Creciendo en el interior de San Luis, Misuri, Samantha está rodeada de mucha violencia. Sin embargo, Samantha y su familia utilizan un gesto particular: la sonrisa, una sonrisa que les ayuda a sobrellevar tiempos difíciles. Cuando Samantha sonríe, ella sueña con un mejor futuro para ella, su familia y su comunidad. Samantha se ha hecho una promesa: Sonreír siempre para alcanzar sus sueños.

!El Fin!